CLAUDIA SPIELMANN

DER FALSCHE CÄSAR

Ausgabe 1.2020

Ein kurzes Zitat, frei nach Hegel und Marx.
Geschichte ereignet sich zweimal auf Erden.

Zunächst als Tragödie.
Und dann à la Farce.

Personen

Machinadeus Victor, *alias Cäsar od. Big Wig*
Callphonia, *seine Frau*
Marcus Barry, *sein Homeboy*
Mike Antony, *sein Honeyboy*
Gary Cashmere, *sein Ex-Boy*
Porsche Catonis, *Barrys Frau*
Junia Tertia, *Garys Frau*
Larry, *ein Reporter von JC.TV*
Cato Minor, *ein großer Römer*
Regina Smilla, *Führerin der Twinsparty*

Chor: *Römer, Europäer, Weltbürger. Ein Mönch, ein
Seher, ein Bystander und Gefolgsleute diverser Clans*

Inhalt

Musik

Venit Triumphator (S. 8)
Das Lied von der Menschwerdung (S. 12)
The Song of Victory (S. 14)
Das Lied von Catos Nase (S. 25)
Die Elegie der Römertöchter (S. 25)
Der Marsch der Führerlosen (S. 40)
Das Lied der Globalen Liebe (S. 45)
Das Lied von Mydarling (S. 42)
Das Lied vom Letzten Mittel (S. 47)

Prolog

Gary auf Livesendung.

GARY:
Meine Damen und Herren, hier wieder Gary Cashmere. Heute werden Sie da draußen Zeuge eines welthistorischen Augenblicks. Verkündet wird zum siebenundsechzigsten Mal in der Geschichte unserer stolzen Republik: den Sieg des Guten über die Kräfte des Bösen.

Auf der einen Seite: Die schillernde, die glitzernde, die überbordende Regina Smilla. Auf der anderen Seite der blasse Herausforderer, Hänfling und Fotzenclown Machinadeus Victor, den man den Helden der Gosse und der abgeschlagenen Trosse nennt. Ein ungleicher Kampf, meinst du nicht, Barry?

STIMME: Ja, Gary.

GARY:
Ein kurzer Abend für den alten Herrn mit seiner Schrumpelpartei „Victoria", was man so viel wie „der Sieg" nennen kann. Was muss man über diesen fantasielosen Schlapphoden noch wissen? *(Raunen im Hintergrund.)* Wie ist die Stimmung auf dem Kapitol? - Kannst du mich hören, Barry?

STIMME:
Ja, hier sind Haufen Leute.

GARY:

Ich höre sie! Ich höre sie! Es ist der mächtige Skandier-Chor der Gerechten, die ihre Heimat lieben und deren Eltern keine Geschwister sind. Regina Smilla steht auf ihren Bannern. Demgegenüber hört man mit Schauder und Mitleid das Getrampel der armseligen Minderheit von Kartoffelbauern, die uns trotzig Victors plumpen Slogan <Victory!> entgegenbrüllen. Wer sagt diesen Leuten, dass sie Hilfe brauchen, Barry?

(Stimmrauschen.)

GARY:

Ich kann dich nicht verstehen, Barry.

STIMME:

Ja, Gary. Ich kann dich hören.

GARY:

Sehr gut. Wer sagt diesen Leuten, dass sie Hilfe brauchen, Barry?

(Applaus im Hintergrund.)

STIMME:

Meine Damen und Herren!
Ich kann es mir nicht erklären.
Noch weniger kann ich es glauben.
Aber Machinadeus Victor ist soeben
Per Volksvotum und Stimmenmehrheit
Zum Konsul von Rom ernannt worden.

(Gary zernagt sich die Nägel, überlegt.)

STIMME:
Hast du gehört, Gary? Bist du noch da, Gary?

GARY:
Du bist tot, Barry. Du bist tot.

STIMME:
Hä, was?

GARY:
Ich distanziere mich von deinen schäbigen und rückgratlosen Lügen und erhebe Klage gegen dich, Barry. Vorm Schiedsgericht, Barry! For Machinadeus! Gary for Victory! *(Reißt sich die Smilla-Brosche runter, ab.)*

STIMME:
Hallo?

Licht aus.
‚Der falsche Cäsar'
<Venit Triumphator-Song>

Fotostrecke vom triumphalen Einzug Cäsars in Rom, Blumen, Gratulationen, Victory-Gesten, Selfies mit Fans, Ministerstab vorm Kapitol etc. Cäsar ist mittlerer Statur, trägt klassischen Anzug, lächelt sonnig. - Im Studio nimmt der Kabelträger Larry Platz und kommentiert fort.

LARRY:

Meine Damen und Herren, Unglaubliches ereignet sich an diesem frühen Morgen. Bepackt mit Säcken aus poliertem Parthergold jagen die letzten Pompeijaner und Crassianer auf ihren Renneseln aus Rom davon. Die Straße bebt: Heil Cäsar, heil! - Erklingt es lauter, lauter, lauter. Und ja, da windet sich der Mob ums Kapitol. Da kommt er schon. Unter Bravouren und Popcornregen fährt er ein. Der große Triumphator. Auf seinem Streitwagen, dahinter elend schwankend die letzten aufständischen Sklaven aus Sankt-Gallien. Doch was geschieht mit uns? Wird er dem Volsker uns oder dem Perser pfänden? Stürmische Zeiten stehen an für Rom. Wir leben hier in interessanten Zeiten, liebe Freunde. In interessanten Zeiten.

I. Kapitel: Wahrheit

Nacht. Ein Kapuzenchor tritt auf.

CHOR:
Wir sind das Volk.
Das schwer geächtete
Geknechtete, verbrämte.

Der Atem flog, verlosch uns in der Brust.
Vom Bürgerkrieg erschöpft,
Von Streit, Parteienzwisten
Von niemals endendem Verdruss.

(Eine rollende Ätherstimme.)

STIMME: Und er - er ist noch dort.

CHOR: *(Monoton.)* Er ist noch dort.

STIMME:
Noch ist er dort,
Der unseren Mut uns lähmte.
Ein halbes Jahr schon giert
Und lungert er uns an.
Vom schwarzgeräderten Ecran
Sein feistes Schmalzgesicht.

Ein Jahr fast hungert, weint und blutet
Und siecht das Volk von Rom
Unter dem Schmerzregime
Des Usurpators -

CHOR: *(Monoton)* Des Usurpators!

STIMME:
Des Usurpators auf dem Thron.
Dass der, der dort die Krone trägt,
Uns Zacken schlägt!
Und wütet, laut und roh wie ein Taifun.
So tun wir nun, was uns die Zeit gebietet,
Und unsere Pflicht vor Rom.

CHOR: Was sollen wir tun?

STIMME: Steigt nun hinab.

CHOR: Wohin?

STIMME: Zum achten Höllenkreis. Erweckt sie aus dem Grab. Fama, die Furie, die Kettenrasselnde.

(Ein Bystander rennt rein.)

BYSTANDER: Nein! Nein! Nein! Nein!

STIMME: Tut es. Seid tapfer. Steigt hinab. Und scheut nicht die Chimären! In diesen Hallen flossen viele Zähren. Geht ab, bevor der Tag ersteht und eiligt! Es gibt Momente, wo der Zweck die Mittel heiligt! Heut, Brüder, schlägt so ein Moment. Fürs Vaterland.

(Schildschlagen.)

CHOR: Für Rom!

BYSTANDER: Ihr wisst nicht, was ihr tut.

STIMME: Halt die Fresse, Larry.

(Ein Chorsänger setzt die Kapuze ab, wird zum Mönch. Das ‚Lied von der Menschwerdung', orthodoxer Choral.)

MÖNCH:
Am Anfang war das Wort
Und das Wort war Gott
Und die Welt war ein
Heil´ger, rechtschaffener Ort.

Am Anfang war das Ohr
Und das Ohr war Gott
Und zu ihm flog das Wort empor,
Das fleischgewordene Wort.

CHOR:
Am Anfang war das Wort
Und das Wort war wahr
Und das Herz war rein
Und der Himmel war klar.

Und das Herz lag in der Hand
Und die Hand umschloss das Herz
Und das Wort flog empor,
Flog empor und entschwand,
Flog empor und entschwand
Durch das Himmelstor.

Tag. Breaking News.

LARRY:

Meine Damen und Herren, hier ist wieder Larry von JC.TV: Your Daily Dosis Drama, Facts and Fun. Heute steht das Internet Kopf. Hintergrund ist das plötzliche Auftauchen eines erschreckenden Dokuments, das eine anonyme Heuschrecke heute Nacht auf dem Forum Romanum veröffentlicht hat. Die so genannten ‚Blowjobprotokolle‘.

Es handelt sich damit um den dritten großen PR-Fail um Konsul Machinadeus Victor, den man intern nur den „Wicked Caesar", den irren Cäsar nennt. Nach einhelligen Expertenmeinungen und Demokratie-forschern stellt Victor schon jetzt die bisher größte Krise dar, die jemals über diese Stadt hereinbrach. Sie gipfelt laut aktueller Umfragestatistik bereits in einer schleichenden Restitution der Monarchie über den alten Diktator-auf-Lebenszeit-Lifehack.

Wir schalten zurück auf das Forum Romanum, um zu sehen, wie dieses Drama weitergeht.

Beats. Mike Antony tritt auf.

ANTONY:
Good morning, citizens of Rome,
Mike Antony is back from hell,
Cause he´s about some shit to tell.

<An den Senat, an alle Schulmeister, Senioren und Sesselfurzer. Ihr seid mit sofortiger Wirkung Frührentner. Es übernimmt Team Victory. *(Vier bullige Minister und ein blasser Informatiker treten auf).* Mein Gameboy, mein Homeboy, mein Baseboy und mein Bunnyboy>, schreibt Machinadeus Victor mir grad per Telegram. *(Scrollt.)* Ach ja, und der Bomber, unser Werkstudent. Sorry, hab dich vergessen. Des Weiteren gilt der Erlass: <In Kurie und Parlament wird ab sofort nicht mehr gepennt. Wer weiter schnarcht, sucht sich ´ne Bank im Park, ´nen Schlafsack oder ´n Sarg, mit Nagel drin.> Und jetzt viel Spaß und gute Unterhaltung mit der Machina-Daily-Dance-Show.

(Cäsar tanzt herein. < The Song of Victory>)

CÄSAR:
Yo, ihr Larrys,
Ready to go mad? *(Chor: Mad!)*
Ready to go mad? *(Chor: Mad!)*
Ready to go mad?
Peace, ho! Here´s your Honeydad. - Mike T.

ANTONY:
-Cäsar!

ALLE:
Team Victory.

CÄSAR:
Welcome to my Daily Show.
Oh! Dear dudes, I love you so.
If you love me back: Nice!
Big Bucks, Big Nuts, Bigger Life Size.

BOYS:
Welcome to His Daily Show.
Oh! McWig, chicas love you so.
Let´s get the new shit started.
We gonna make this city party hard.

(Alle ab, bis auf den Homeboy. Gary tritt auf.)

GARY:
Hi Barry.

BARRY:
Was willst du, Gary?

GARY:
Die Party steigt. Kommst du nicht mit? Du bist doch
jetzt der Homeboy vom Big Boss.

BARRY:
Mag sein.

GARY:
Erinnerst du dich, letztes Jahr? Wir waren zusammen
bei JC.TV.

BARRY:
Ich erinnere mich.

GARY:
Wir waren ein Team.

BARRY:
Ich weiß.

GARY:
Barry. Es tut mir leid, dass ich dich abgefuckt hab.

BARRY:
Schon okay.

GARY:
Wollen wir ´ne Runde laufen?

BARRY:
Nein, danke.

GARY:
Okay. Ich wollte dir nur sagen. Ich habe meine Fehler eingesehen. Es ist zuweilen notwendig, die Hölle zu durchstreifen und dann als Phönix aus der Asche zu erstehen, um zu begreifen.

BARRY:
Was zu begreifen?

GARY:
Wer man so ist. Und wie die Dinge stehen.

BARRY:

Du wolltest etwas loswerden? Los, sprich.

GARY:

So hör! Schon länger frag ich mich:
Was hat der große Cäsar nur,
Das ihn so groß macht? Die Statur?
Wohl kaum. Er´s dreimal schmächtiger
Als du, doch viermal mächtiger.
Ist´s dann vielleicht durch Geisteskraft,
Dass er sich so viel Ruhm verschafft?
Beileibe nein, sein Hirn gebricht
Am Einmaleins.

BARRY:

Versteh nicht, was du meinst.

GARY:

Was wird geschehen, sollt Cäsar nun
Tarquiniens Krone erben?

BARRY:

Das kann er nicht.

GARY:

Vermutlich schon.

BARRY:

Dann würde Rom wohl sterben.

GARY:

Entweder Rom.

BARRY:
Oder der Cäsar.

GARY:
Verstehst du, Barry, was ich mein?

BARRY:
Wir müssen Cäsar töten.

GARY:
Pst! Wir sorgen nur, mein nobler Freund,
Dass Rom sich selber findet.
Ein Volk sich seinem Incubus entwindet.
Und stolz die Flagge wieder hisst am Kapitol.
Das ist schon alles, was mein Herz erstrebt.
Es geht nicht um den Cäsar mir, Marc Barry.
Es geht um Recht, um Transparenz,
Um unser aller Wohl.

(Gibt ihm einen Stapel Flyer mit Cäsar-Monster-Comics.)

BRUTUS:
Okay … Und was ist das?

GARY:
Plakate, Flugschriften, Poeme
Für den Regime-Express-Abort.
Daran verendeten schon mancherlei Systeme.
Am Fuße aller Taten thront das Wort.

BARRY:
Hast du die selbst gemacht?

GARY:
Nein, Töchter Roms. Aus den erlesensten und
nobelsten Familien.

BARRY:
Dary, Cherry und Sheesh-Mary. Wer sind die?

GARY:
Unwichtig. Häng sie auf. Verteil sie, los. Ich warte.

BARRY:
Wer ´s Sheesh-Mary?

GARY:
Geh schon, du Oimel.

(Barry ab. Kunstpause.)

GARY:
Gestatten, Cashmere, Römersohn.
Verschwörer, Lurch, Verräter.
Ein kerngespaltenes Proton unter antikem Äther.
Ein Neider, ein Belagerer, ein werteloser Wicht.
Des´ Herz das eine denkt, der Mund das andere
spricht.

(Feilt sich die Nägel.)

Barry, du Endhorst.

II. Kapitel: Aufstand

Nacht. Der Kapuzenchor.

CHOR:

Wir fällten die Parther
Und warfen Karthago
Aufs Knie, samt des
Wütenden Hannibals Schar.

Wir lehrten die Sklaven,
Dass Sein und dass Haben
Im Wesenskern
Einig Bestreben war.

Wir bauten dem Arbeitersohn
Einen Tempel,
In dem er vorm Nachtgebet
Shoppen gehen kann.

Und rohe Revolten,
Die röhrten und rollten
Durch Transozeanien
Und auf dem Balkan.

Seit zweieinhalb Jahren nun
Tobt in der Heimat,
Ein Krieg, wo der Römer
Den Römer erdolcht.

Bis dass unsere Ewige
Stadt Nobler Ahnen
Zu heut einem rauchenden
Trümmerfeld gleicht.

Erst Sulla, dann Milo
Und Prinz Catilina.
Den Clodius Pulcher,
Den schweigen wir tot.

Und jetzt sitzt dort oben
Der Pfropf, der Diktator
Und schmiert sich perfide
Die Freiheit aufs Brot!

Ein Rebell stürmt herein.

REBELL:
Nieder mit der Monarchie!
Nieder mit der Diktatur!
Nieder mit dem Kaiserschmarrn!
Volkssturm auf die Kurie!

Larry auf Livesendung.

LARRY:
Rom. Straßenschlachten. Karthager, Germanen,
Gallier und römische Spartakisten fordern die
Abschaffung der Sklaverei ad hoc. Sie versammelten
sich heute zum <Marsch der Freigelassenen> über
die Via Appia, das Forum Romanum und haben
aktuell den Circus Maximus besetzt, wo eine riesige
Kundgebung stattfindet. Wir schalten live vor Ort.

Circus Maximus.

REBELL:
Wie lange wollen wir noch dulden, dass unsere Väter und Brüder in blinder Leibeigenschaft fronen? Wie lange wollen wir noch zusehen, wie unsere Mütter und Schwestern auf Öl- und Wollplantagen ausgebeutet werden? Einig und solidarisch stehen wir hier und fordern von unserem Unterdrücker und Verunglücker: I. Freiheit! Freiheit für alle! Freiheit ohne Grenzen! II. Öffnung der Häfen für den Import von Demokratie! III. Öffnung des Limes und der Landwege für noch mehr Freiheit, Globalität und Insolvenz, äh Inkontinenz ... äh Interkontinentalität!

Larry auf Livesendung.

LARRY:
Und just zur selben Zeit entbrennt
Der alte Streit im Parlament,
Wo sich seither die Twinsparty
Mit Victory im Clinch liegt.

C. Minor, alter Römersohn,
Erhebt sich würdig, denn obschon
Betagt, blieb dieser Greis stets einer,
Der forschen Mutes spricht
Und weisen Rat erteilt
Mit würdigem Gesicht.
Der morsch an Knochen ist,
Doch nicht an Rückenmark.
Und dem der Mund so wenig je
Als ´s noble Herz verzagt.
Ein tapferer, gerechter Mann.

Er spricht ohne Verbeugung
Den wirbellosen Cäsar an
Und tut den Antrag kund.

Lärmende Kurie.
Cäsar. Cato. Chor der Senatoren.

CÄSAR:

Was fordern die Twins?

CATO:

Wenn sie erlauben. Ich werde für sie sprechen. Ich bin schon alt, und reich an Gebrechen. *(Erhebt sich unter Applaus.)* Doch immer noch mein Urahn, der, als Rom zu Land und See noch Herrin war, gehüllt in Ruhmesstrahlen, bereits vermittelte zwischen der Kurie und den Kannibalen. Denn mir scheint auch im Übrigen der Vorschlag weise, dass --

CÄSAR:

Nun, wohin geht die Reise? Ich hab im Übrigen für alle Kekse mitgebracht.

CATO:

Wir fordern die Rückbesinnung Roms …

(Cäsar beißt in den Keks, lautes Crunchen.)

CÄSAR:

Sorry.

CATO:

Wir fordern die Rückbesinnung Roms auf seine freiheitlichen Grundwerte unter dem Banner eines demokratischen Vielvölkerstaats, die Rückbesinnung Roms auf seine gottbefohlene Rolle als freie Mittlerin und Führerin der Völker, die Beilegung des Krieges der ökonomischen Tauschmittel gegen die Barbaren und dessen augenblickliche Substitution durch die althergebrachten Mittel einer freiheitlich-demokratischen Konfliktlösung nach homerischem Vorbild.

CÄSAR:

Hä, was?

CHOR:

Wir wollen den Bomber! Wir wollen den Bomber!

CÄSAR:

Ich ruf ihn kurz an. […] Pimms, bist du online? […] Er kann grad nicht. Er zockt grad Dragon Drones.

CATO:

Wähnt Cäsar sich da klug, dass er sich anmaßt, Cato zu verspotten? Mit derlei kindlichen Marotten wider Parteigenossen bell'n? Und ebenso die edlen Twins? Ist es denn weise, alle zu verprellen?

CÄSAR:

Cato, hast du schon mal deine Nase gesehen? Wie groß die ist? Ich hab letzte Woche einen Song darüber geschrieben. Ich wollte ihn dir zum Geburtstag singen. Aber ich singe ihn heute.

(<Das Lied von Catos Nase.>)

CÄSAR:

Ich bin die Nase.
Ich sitz dem Caddo
Direkt im Gesicht, Sicht, Sicht.
Und er sieht nix, nix, nix.
I´m trouba-Big, Big, Big.
Ich bin ein Snoop Boss.
Ich bin so krass groß.
Ich bin so nass, los:
Hatschinga!

(Bombenexplosion. Nacht.)

Lyraklänge.
Die wunderschöne Porsche singt
<Die Elegie der Römertöchter>

PORSCHE:

Verhängnis, Schmerz, unsäglicher,
Begraben wähnte ich dich doch längst,
Da brichst du wieder vor und schwemmst
Alle meine grünen Morgen fort.
Und wirfst die Wogen wieder auf.
Ertrink, mein Herz, in Blut, und nichts
Seien mir die tausend Worte Trost,
Die man mir zusprach, als ich dich,
Mein lichtes Glück, zu Grabe trug.
Mein Ewig Rom, zu Grabe trug.

(Lädt eine Pistole und erschießt sich.)

Fanfaren. Neuer Tag.
Ein partymachender Larry rennt auf die Bühne.

LARRY:
Das Volksfest ist in höchstem Gang,
Schon kündet uns Fanfarenklang,
Dass gleich der neue Konsul spricht.
Hey Kumpel, kommst du nicht?

(Barry erschießt ihn. Gary tritt auf.)

GARY:
Hi Barry.

BARRY:
Fick dich, Gary.

GARY:
Was ist?

BARRY:
Wir hätten ihn erledigen sollen. *(Schießt nochmal.)*

GARY:
Ich muss dir was sagen, Barry. Mein lieber Schwan,
du siehst so blass und krank aus heute. Fehlt dir
was?

BARRY:
Ja, nee, egal. Sag, worum ´s geht.

GARY:

Du fragst mich selbst, so red ich klar. Um Cäsar geht´s mir.

BARRY:

Unseren Cäsar! *(Schießt noch dreimal auf den Toten.)*

GARY:

Ist wirklich alles gut?

BARRY:

JA! SPRICH!

GARY:

So hör! Schon länger frag ich mich:
Was hat der große Cäsar nur,
Das ihn so groß macht? Die Statur?
Wohl kaum, denn er ist schmächtiger
Als du, doch zehnmal mächtiger.

BARRY:

Zehnmal schon mittlerweile?

GARY:

Ist´s dann vielleicht durch Geisteskraft,
Dass er so vieles mehr geschafft´
Als du? Nein, sein Verstand ist schlicht.
Doch er hat Macht. Und ich hab dich.
Verstehst du, Barry, was ich mein?

BARRY:

Wir gehen jetzt Cäsar killen?

GARY:
Nein.

BARRY:
Wie, nein?

GARY:
Herrje, wie sag ich das? Du bist gefeuert, Barry.

BARRY:
Hä?

GARY:
Ich war vorhin mit ihm am Strand. Wir haben gebadet und naja, wir hatten echt viel Spaß.

BARRY:
Wer? Du und Cäsar?

GARY:
Irgendjemand hat Big Wig gesteckt, dass du hinter den Blowjobprotokollen steckst.

BARRY:
Wer, ich?

GARY:
Irgendeine miese Ratte hat das gesagt. Egal, ich weiß, du bist es nicht. Aber ich hab jetzt deine Stelle.

BARRY:
Was?

GARY:

Es tut mir leid, Barry. Ich hab´s versucht. Ich liebe dich. Mach´s gut, Barry.

BARRY:

Gary, du Mistrüde! Aaaaaarrr!

Fanfaren. Larry, auf Livesendung.

LARRY:

Meine Damen und Herren, hier ist wieder Larry von JC.TV. Ihre Daily Dosis Drama, Facts and Fun. Noch immer geschockt von ihrem tragischen Tod nehmen die Bürger Roms heute Abschied von Porsche Catonis, die die Trauer um ihren Vater nicht verwinden konnte. Der alte Cato Minor hatte sich am 15. März aus Protest gegen Cäsar mit einer Bombe selbst in die Luft gejagt. Porsche Catonis, Weib des Ministers Marc Barry, ging somit zugleich aus Solidarität mit all den Römern in den Tod, für die die Grundwerte unserer Republik noch was bedeuten. Noch einige andere Senatoren gingen dabei drauf. Überlebt hat nur wie durch ein Wunder der Tyrann.

Wir schalten zurück auf das Forum Romanum, wo gerade wieder heftig Party ist. Man sollte eher sagen: Usurparty. Mit einem besonders geschmacklosen Witz kommentierte Cäsar gestern erneut den Antrag auf seinen langersehnten Rücktritt. Nach aktuellen Umfragen sind minus hundert Prozent aller zurechnungsfähigen Römer noch pro Cäsar.

Callphonia am Handy.

CALLPHONIA
June, Darling! Es tut mir echt leid. Ja, ich hab's
gehört. Scheiße, Bitch. Massive Scheiße. Ja, ist der
Trend. Sind die Vibes. Die Liebe ist tot, Schwester.
Komm, heul nicht, my darling, wir machen was
draus. Verscherble das Ding doch für 'n Zwölfer auf
'm Flohmarkt. Oh, Echtmetall? Dann das Doppelte.

(Cäsar tritt auf, etwas verrußt.)

CÄSAR:
Peace.

CALLPHONIA:
Peace. - Ob ich Ovid kenn? Bitch, stay calm. Ich hab
alle seine Platten. Ich geh hier ab wie 'n Honkypferd.
Ooooh, Schätzchen, hör mir zu. Nein, hör mir gut zu.
Du stylst dich jetzt auf, gehst jetzt da raus. Und
nimmst dir 'n heißen Lover! Bam!

CÄSAR:
Ich geh zur Kurie.

CALLPHONIA:
Ja, ciao. - Du siehst, ich bin 'ne taffe Frau! Und busy.
Nee, hör zu, das ist egal. Du bist es wert, dass man
deinen Arsch auf Händen trägt.

Casca in völliger Finsternis.

CASCA:
Hier muss es sein, das scheint der Ort.

BARRY:
Pst! Casca.

CASCA:
Barry, du? Du bist der Puppenaugust?

BARRY:
Was für'n Puppenaugust? Wo sind die anderen?

CASCA:
Kommen gleich.

(Casca macht seine Taschenlampe an.)

BARRY:
Los, rede. Was sprach Cäsar heut?

(Barry macht seine Taschenlampe an.)

CASCA
Das Übliche! „Ach, wisst ihr, Leut,
Ich hab euch alle lieb und schon
Geb´ ich das Wort an Mike Anton!"
Und jener ganz verwirrt: „An mich?"-
„Biet mir die Krone an, du Wicht!"
„Mein Cäsar, nimm die Krone an!"
„NEIN, DANKE. Hahahar. Blödmann!
Voll reingefallen! Noch ein Witz!

Klopf klopf!" – „Wer da?" – „Cleopatra!"
„Das war zu viel!" – Mike Tony geht.
Das Menge lacht, das Forum bebt
Und Cäsar badet im Applaus.
Alsdann beim großen Festtagsschmaus
Kippt er wie immer zu viel Wein
Und die Callphonia schleift ihn weg.

BARRY:
Du meinst doch, heim?

CASCA:
Weg! Keiner weiß, wohin.

BARRY:
Egal. Ich - finde - ihn.
Ich finde ihn und bring ihn um.
Für unser Vaterland, für Rom.

CHOR:
Ich auch. - Ich auch. - Ich auch.

BARRY:
Wer sind die?

CASCA:
Das sind die Jungs.

BARRY:
Die kenn ich nicht. Wo sind Trevor und Cimber?

CINNA 1:
Ich bin Cinna.

CINNA 2:
Ich bin Cinna.

CINNA 3:
Ich bin Cinna.

CASCA:
Das sind die Cinna-Brüder.

BARRY:
Wo ist Cimber?

CASCA:
(Beiseite) Barry. Trevor und Cimber sind abgesprungen. Ich brauchte schnell Ersatz. - Ähem. Darf ich bekannt machen? Cinna, der Dichter. Cinna, der Richter. Und Cinna, der Fichter.

BARRY:
Was zur Hölle ist ein Fichter?

CINNA 3:
Der Mann einer Fichte.

CASCA:
Koniferenfetischist.

BARRY:
Oh Mann. Na gut. Das ist der Plan. Wenn Cäsar morgen früh zur Kurie kommt, gehen wir ihn an. Zuerst ganz sacht. Ob er sich vorstellen könnte, abzutreten? - Wenn er verneint, lenkst du ihn ab und wir zücken die Dolche.

CINNA 1:
Warum ich?

BARRY:
Du bist ein Dichter. Sag ein Gedicht auf. Am besten ein altes. Das von den Grundfesten, dem Dach und den Säulen des Humanismus handelt.

CINNA:
Ich hab schon ein Gedicht. Es handelt von einer Taube, die wollte so gern fliegen, aber sie hielt sich für ein Glas Orangensaft und kippte um und starb. Übergeschwappt.

BARRY:
Das eignet sich weniger. Schreib ein neues. Es muss was Welthaltiges sein.

CINNA 1:
Okay.

BARRY:
Der Fichter und der Richter preschen vor. Ich hau ihm von hinten die Dose übern Kopf. Und dann wird gemessert.

(Handschlag. Stimme von oben.)

STIMME:
Verzeihung, Mylords. Ist das ein Putschistentreff?

BARRY:
Nein, das ist nur ´ne Pyjamaparty.

STIMME:
Die Party ist aufgelöst. Gehen Sie sofort nach Hause.

BARRY:
Warum?

III. Kapitel: Seuche

Nacht. Kapuzenchor tritt auf.

CHOR:
Wir sind das Volk,
das schwer geknechtete, verächtete, zergrämte.
Wir stehen hier, von Pestbeulen entstellt,
Das Haar zerrauft.

Drei Jahre fronen wir dem Usurpator.
Verraten und dem Volskerfürst verkauft.
Und nun, als doch das Maß der Leiden voll war:
Da fuhr der Todesstoß herab auf unser Haupt.

Die heikle Seuche, die unsichtbar schleichende,
Mäht uns zu Tausend hin, sodass man glaubt,
Die Götter wären im Zorn und flohen,
Sich abwendend von diesem frevelhaften Hort.

STIMME: Und er - er ist noch dort.

CHOR: Er ist noch dort.

STIMME:
Er ist noch dort, der unsere Brunn´ vergiftet.
Und Jauche gießt ins Tiberwasser nachts.
Der uns die frischen Gräberreihen stiftet.
Oh, Unheils Saat. Der große Infikator!

CHOR: *(Monoton)* Der Infikator.

STIMME:
Der fette Blutegel, Adept der schwelenden Pest.
Für den uns Zeus und aller Trost verlässt.
Für den uns jeder Erdenwurm verlästert.
Der sich an unseren Tränen labt,
An unserem Blute mästet.
Oh weh, bald sinken wir ins Grab.

CHOR:
Erlöset doch einer das leidende Volk.

STIMME:
Steigt nun herauf, zum Mons Capitonlinus.
Und tut das fromme Werk.

Larry auf Livesendung.

LARRY:

Kapitel drei: Seuche. Drei Jahre sind vergangen. Ein globaler Virus überrollt die Welt. Der Schuldige ist schnell ausgemacht. Und eine bewaffnete Volksschar rückt mal wieder vor aufs Kapitol. Doch diesmal gibt es nichts mehr, was die Rechtschaffenen entzweit. Nein, hier versammelt sich ein Heer von Engeln vorbiblischer Zeit, um einen zweiten Sündenfall zu bremsen. Es nennt sich dieser noble Pulk „Die Vorhut der Befreiung". Da rauscht er hin, der bunte Strom, bestehend aus Menschen von verschiedenster Couleur und Profession. Ein Ziel sie eint: Ein neues Rom! Ein freies Rom! Zurück weicht er, doch es nützt nichts, in Ketten liegt er bald, der Erzverderber Luzifer.

Maskierter Rebell tritt auf.

REBELL:
Stürmt den Palast, heraus den Ödipus, den Blender!

Unerwartet tritt ein Gegenchor auf.

LARRY:
Doch, was ist das? Da tritt ein zweiter Mob ihnen in den Weg. Oh Wirren der verlorenen Epoche! Lasst uns ergründen, was da vor sich geht.

APOSTEL:
Apostel, haltet ein! - Wir sind die Wächter.
Bis hierhin sag ich, und kein Wort mehr,
Ihr Verächter.
Wie viele unschuldige Kinder sollen
Durch eurer rückgratlos´ Gehetze
In das Gras noch beißen? Schweigt!
Oh, dass den Tag ich nicht erlebe,
Da eurer Sünde wegen einst
Das Schwert des Allgerechten
Uns hinwegfegt von dem Angesicht der Erde!
Schon kann ich nicht mehr sprechen.
Denn gänzlich überwältigt mich der Schmerz!
Ich sinke nieder.

(Er sinkt nieder.)

CHOR:
Wer seid ihr?

GEGENCHOR:
Des Menschensohns Gebrüder und Gesandte.
Der Offenbarung auserkorene und ernannte
Gefolgs- und Auserwähltenschaft
Des wahren Heilands.
Der die Verkündigung empfing
Von ganz, ganz oben.
Tanzt! Tanzt den Heilstanz!

(Sie schlenkern mit den Armen.)

Heil Cäsar, dem Erlöser!
Heil Cäsar, dem Erlöser!

CHOR:
Tod, Tod dem Infikator!

GEGENCHOR:
Nein, Heil dem Heiland!

REBELL:
Tretet zurück, wir sind die Lichtvorhut!

APOSTEL:
Zurück ins Dunkel, Natternbrut,
Bevor die Schildkröte noch stolpert.
Bevor die Säulen dieser Welt,
Die auf des Hannibals Dickhäuternacken ruhen,
Sich umkippen und alles runterfällt.

(Prügelei. Innehalten. Man hört ein Heer marschieren.)

APOSTEL:
Pst! Was ist das?

REBELL:
Keine Ahnung.

STIMME:
Röööömer hier - im Germanenwald!
Frrrrritzen! Alle beißt und schlagt zu.
Frrrrritzen! Alle beißt und schlagt zu.

DEMONSTRANT:
Scheiße! Das sind Germanenzombies!

ALLE:
Weg hier!

(Einzug der Germanen. <Der Marsch der Führerlosen>)

GERMANEN:
In edler Wehr marschierten wir
Unter der Morgensonn.
Sie schien uns so viel schöner heut
Und strahlender als sonst.

Am schönsten schien sie
Jenen unter uns, die wir seither
Nur noch in unseren Herzen wahren,
Die marschieren nicht mehr.

Die, die, die marschieren nicht mehr.
Die, die, die marschieren nicht mehr.
Die, die, die marschieren nicht mehr.
Die, die, die marschieren nicht mehr.

Wo warst du als der Führer dich gebraucht hat?
Wo warst du als der Führer dich gebraucht hat?

In edler Wehr marschierten wir heut übern Rubikon.
So wie dereinst, so wie dereinst der Fürst Napoleon
Marschierten wir, marschierten wir über den Goldenen Don.
Krepierten wir, krepierten wir hinter dem Goldenen Don.

Tödelölej … Lalalalala, lai-la!
Tödelölej … Lalalalala, lai-la!
Tödelölej … Lalalalala, lai-la!
Tödelölej … Lalalalala, lai-la!

Wo warst du als der Führer dich gebraucht hat?
Wo warst du als der Führer dich gebraucht hat?

Larry auf Livesendung.

LARRY:

Meine Damen und Herren, die Ereignisse überschlagen sich an diesem goldenen Morgen. Soeben erreichte uns die Meldung, dass eine Bande radikaler Spartakisten den Limes gesprengt hat. Auf der einen Seite laufen die Gerechten, auf der anderen Seite fliehen die Gestörten. Und in der Mitte allen Elends rollt ein führerloses Heer heran. Ich glaub, sie sind im Studio. Oh Scheiße.

Gary, total verheult.
<Das Lied von Mydarling>

GARY:
When I´ve dried my sweet tears,
I will hold you again.
I won´t cut off my ears.
I will cut yours, dearest friend.

Oh my darling. Oh my darling.
Oh my darling. Oh my darling.

When I`ve dried my sweet tears,
I will hold your shivering hands.
I will cut your fingers one by one.

(Barry tritt auf.)

BARRY:
Alles okay, Gary?

GARY:
Verschwinde, Barry.

BARRY:
Was ist denn los? Oh Gott, du triefst. Bist du krank?

GARY:
Nein. Deine Schwester lässt sich von mir scheiden.

BARRY:
Hä? Wieso?

GARY:
Er hat mich gefeuert.

BARRY:
Wer?

GARY:
Oh! Cäsar!

BARRY:
Schon wieder?

GARY:
Er hat uns alle abgefuckt. Mich, dich, Dary, Harry und Cherry, Lizzy und Marry, und sogar Sheesh-Larry.

BARRY:
Wer ist Sheesh-Larry?

GARY:
Ist doch egal. Ich bin ein Loser, Barry.

BARRY:
Das stimmt doch gar nicht. Hey, hey, hey. *(Gary heult richtig los.)* Weißt du? Ich hab eine Idee. Wir gehen am Idensonntag in den Kuriensaal und messern ihn.

GARY:
Die Kurie hat geschlossen, du Eimer.

BARRY:
Bist du ganz sicher nicht verseucht?

GARY:
Und selbst wenn.
Ich fürchte nicht den Tod,
Des´ Ursache ich kenn.
Die hiesige ist allbekannten
Ursprungs, und obschon
Ich weine um das Schicksal meiner Brüder
Und das meine, so traf das Land gerechter Lohn.

BARRY:
Was laberst du?

GARY:
Die Seuche, die da wütet rund um Rom
Und nebenbei die halbe Welt verheert,
Sie ist nichts weiter als ein Wetterleuchten,
Ein Symptom!
Ein Zeichen, dass der Himmel sich empört
Und die dramatische Peripetie sich naht.
Es ist das Wesen der Anomalie,
Der Krankheit.
Ein Fremdkörper in unserem Staat.
Wie dieser falsche Cäsar.

CHOR:
Der Infikator.

Larry, in rosa Gestapouniform, burlesk geschminkt.

LARRY:

Meine Damen und Herren, hier ist Jerry von Fritz-Radio. Wir unterbrechen unsere Daily Dosis Drama Show für eine Dosis Liebe.

Weltweit gehen mittlerweil´ Millionen Menschen auf die Straße, um für die Erlösung vom Teufel zu beten. Sie legen Blumen nieder auf den Trümmerfeldern, wo gestern noch die Statuen Cäsars standen.

Sie rekrutieren sich zu neuen Orden. Z.B. die Grauen Tauben des Friedens und die Weißen Wachteln der Freiheit. Die Rebhühner der Republik und die Wollmäuse des Wandels. Alles schreit Hoffnung. Alles ist wie entzückt, verzückt, entrückt. Etwas Grandioses geht hier vor sich. Mir zittern die Hände.

Bevor wir gleich zu unserem Monatshoroskop umschalten, gibt es jetzt auch nochmal Musik für Sie. Eine junge Tiktokband aus Philippi, die kürzlich mit ihrem Nummer eins Hit <Globale Liebe> durchgestartet ist.

(<Das Lied der Globalen Liebe>)

CHOR:

Es ist so wichtig, dass jeder jeden liebt.
Es ist korrekt, dass man sich Liebe gibt.
Liebe ist prächtig, Liebe ist kolossal,
Liebe ist mächtig und Liebe ist global.

LARRY:

Na? Fühlen Sie sich immer noch hässlich, peinlich, einsam, arm und wertlos? Kaufen Sie jetzt das neue Album „Influenza". Oder bleiben Sie einfach nur live. Es folgt ein kurzer Werbeblock.

IV. Kapitel: Mord

Gary, mit Lipgloss in der Hand. Barry stürmt herein.

BARRY:
Bringen wir ihn jetzt endlich um oder was???

GARY:
(Verschmiert.) Es ist nicht das, was du denkst.

Nacht.
Der Kapuzenchor tritt auf.
<Das Lied vom Letzten Mittel>

MÖNCH:
Am Anfang war das Wort
Und das Wort war Gott
Und er zog sein Kreuz
Hinauf aufs Eschafott.

Am Ende war das Wort
Und das Wort war Mord
Und die Welt war blau
Und drehte sich noch lange fort.

CHOR:
Am Anfang war das Wort
Und aus Wort ward Tat
Und die Tat war roh, kaum
Mehr als zahmen Wortes Saat.

Am Ende stand der Tod
Und im Tod war Gott
Wie die Welt so rein,
O Deo Gloria!

Und die Welt war rein.
O Deo Gloria!

Larry auf Livesendung.

LARRY:

Die Iden des März sind da. Zum vierten Mal in Folge. Weil Kapitol und Kurie mittlerweile aus einer indifferenten Menge von Friedensdemonstranten, fremdländischen Okkupanten und Zombiefaschos besetzt sind, hat der Diktator den Senat in seine Miet-WG am Serpentin verlegt. Er liest im Bademantel und Hauspantoffeln die Gnadengesuche nobler Patriziersöhne. Die Verschwörer treten auf. Bambam.

CÄSAR:

Oho, der hat einen umgebracht: Kopf – *Ab.*
Oho, die Miete nicht bezahlt: Kopf – *Ab.*
Oho, ein Brot geklaut: Kopf – *Ab,* Brot – *zurück.*

BARRY:

Na los!

CINNA 1:

Heil Cäsar! Hör mich an! Ich hab hier ein Poem –

CÄSAR:

Nein, danke.

CINNA 1:
Hoff, ´s gefällt dir! *ehehem*

<Der Weltbürger>
Von Cinna.
Ich bin ein Römer, sagt man mir.
Pro saeculis. SPQR.
Prosecco. Doch ich trag es schwer,
Denn ich versteh mich doch vielmehr
Als Italiener, will ich meinen.
Viel eher noch als Europäer.
Neiiiin! – Ich bin ein Weeelll-

(Cäsar erschießt ihn.)

CÄSAR:
Das gefällt mir ganz und gar nicht.

BARRY:
Cäsar! Nur für das Gedicht?

CÄSAR:
Nicht nur, es sind da noch die vagen
Vorahnungen, die mich plagen.

BARRY:
Los! Er hat´s kapiert! Wohlan! Jetzt oder nie!

CÄSAR:
Wie, was, warum?

CINNA 3:
Füüürchtet die Fiiiichte!

(Sie zücken die Dolche. Der Chor tritt auf mit Granaten.)

CÄSAR:
Ha, jetzt wird´s richtig interessant:
Kenn ich nicht - Kenn ich nicht - Praktikant -
Kenn ich nicht - Kenn ich nicht - Moment ...
Kenn ich ein bisschen. One Night Stand.
Kenn ich nicht - Kenn ich, doch, na klar:
Der Typ, mit dem ich baden war! Du hier?

GARY:
Ich bin Politiker!

CÄSAR:
Du auch? Tjaja, so trifft man sich. Is ja ´n Ding.
Hauptberuflich ? Mmh. Bei mir genauso.
A´er! Wo sollmer hingehen?

(Junia Tertia tritt auf.)

JUNIA:
Das ist mein blöder Exmann.

GARY:
June? Du betrügst mich - mit Cäsar?

JUNIA:
Hi Gary. Nun. Zuerst warst du wohl der, der mich
betrogen hat. Mit Cäsar.

GARY:
Ich hab dich nie mit Cäsar betrogen. Das sind Fake
News. Er ist fake. Alles ist Fake.

CÄSAR:
Wer ist fake?

GARY:
Du! Du bist ein falscher Has´! Ein Faker Caesar.

CÄSAR:
Du sagst, dass ich ein Fake bin?
Ich werd´ dir sagen, was du bist.
Du bist ein Lurch, der seine Fahn´
Nach jedem lauen Lüftchen hisst.
Und jetzt weiß ich auch wieder,
Woher man deine Nase kennt.
Du hatt´st dich mal beworben hier.
Als Blowjobassistent.

BARRY:
Was, Gary?

GARY:
Er lügt! Er war ein Bürojob.

CÄSAR:
Es war ein Blowjob.
Und das ist auch der Grund,
Warum du nicht Minister bist.
Weil du keine Ahnung hast,
Was Tuten und was Blasen ist.

BARRY: Doch, er hat Ahnung.

GARY: Barry!

CÄSAR: Steck das Ding weg.

BARRY: Doch, ich weiß es.

GARY: Verdammt, Barry!

CÄSAR:
Ich bin unter euch Spasten,
Gefüllten Chloroplasten
Und Hobbypäderasten
Der einzige, der hier die Stange hält.
Ich bin der Stiernacken der Welt,
Die schwankt wie ein enttäutes Boot.
Doch lasst ihr mich? Nein!
Jeder Vollidiot greift nach dem Ruder!
Jeder „Römer! Eidgenosse! Bruder!"
Nichts als hohle Phrasendrescher,
Knochenamputiertes Gallert.
„Ehre, Freiheit und Moral!"
Hintenrum wird nur gelinkt,
Geblasen und geballert.

GARY:
Das sind Fake News.

CÄSAR:
Seit meiner Inauguration vergingen mittlerweil´ drei
Jahr, elf Monate, zwei Stunden. Die ersten fünf
Sekunden waren fein. Dann brach ´ne Horde
aufgescheuchter Weiber aus unbekannten Gründen
in meinen Garten ein.

Dann haben freigelassene Sklaven mir die Bude eingerannt und sich mit Freiheitsslogans vor dem Haus verbrannt. Und Demonstranten stiegen mir aufs Dach. Piraten entern den Balkon. Und das war erst der halbe Tag. Es tönt der Mittagsgong.

Ich ging um zwei Uhr zum Senat, zum ersten Mal, war frohgemut, hab allen Kekse eingepackt. Bis dieser Vollhorst Cato mit Prunk und Pathos in die Luft sich jagt. Und noch paar mitnimmt, zwei, drei edle Tattergreise. Verdiente Römer, Senatoren und Weise. Ich hoffe nur, dass sie vielleicht schon heimlich Tote waren. Sei´s drum, gemüffelt haben sie seit Jahren.

Und kurz darauf wird alles schwarz, weil jemand mir ins Weinglas reingepinkelt hat, im Stillen. Es kamen noch viel bessere Grillen. Man hat versucht, mich wegzuputschen, wegzusprengen und mir eine Erkältung anzuhängen. Und die Frage, die ich hab:

Leute! Was geht ´n bei euch ab?

BARRY:
Tu nicht so, Cäsar, du Bauernfänger. Du weißt genau, was hier so abgeht. Du! Der gemeine Ursurpator.

CHOR:
Du Usurpator.

CÄSAR:
Kapier das nicht. Ich war doch immer nice zu dir, mein Gary.

BARRY:
Ich bin Barry. Er ist Gary.

CHOR:
(Einer) Du hast die Lage nicht mehr unter Kontrolle, Cäsar. *(Ein anderer)* Es reicht, Cäsar. Das Maß ist voll. *(Ein Dritter)* Sprich, Barry. Sprich für uns alle.

(Barry tritt vor.)

BARRY:
Mein Name ist Marcus Barry und ich bin dein Homeboy. Du hast meine Schwester und meinen Schwager gebumst.

GARY:
Das sind Fake News.

BARRY:
Ruhe jetzt. Du hast mich, Gary und zahllose Larrys abgefuckt. Du hast die Welt mit einer gigantischen Seuche infiziert. Jetzt ist der Big Redemption Day. Ich bin nicht mehr dein Barry. Ich war niemals dein Barry. Ich bin in Wirklichkeit --

(Rauch, Nebel: Transformation.)

REGINA:
Die einzig wahre Königin von Rom.

CÄSAR:
Regina Smilla! Ich wusste es.

REGINA:

Ich bin die rollende Stimme aus dem Äther. Ich bin der Blitz, der dich erschlägt, ich bin der Donner, der dich heimsucht. Ich bin das freie Volk von Rom.

CHOR:

Nieder mit dem …

(Ton verzerrt, erstirbt. Es wird dunkel.)

ANTONY:

Are you ready for the new shit?
Mike Antony is back to spit
Some rhymes. From the underground.

Sorry, Leute, ich war grad im Keller
Und hab im Dunkeln ´ne Strippe erfasst.
Ist alles safe hier oben? - Hallo?

(Macht eine Taschenlampe an. Smilla, Gary, June, Cäsar und die Verschwörer sind verschwunden. Nur der Chor ist noch da.)

Scheiße, wo ist der Boss?

(Dramatischer Akkord.)

V. Kapitel: Erlösung

CHOR:
Kapitel 5. Erlösung.

LARRY:
Also, Leute, hier nochmal der Plot: Ein falscher Cäsar ist emporgestiegen. Das Volk leidet. Eine heldenhafte Verschwörung soll die Hydra köpfen und Machinadeus Victor töten. Am Ende ist alles gekauft, gefaked, eine Verschwörung von Barry, der selbst ein Fake ist. Der Chor ist fake. Alles ist Fake.

CHOR:
Wir sind nicht fake. Wir sind das Volk.

LARRY:
Egal, nochmal von vorn.

ANTONY:
Scheiße, wo ist der Boss? *(Dramatischer Akkord.)*

CHOR:
Er ist fort.
Hier liegt sein Lorbeerkranz, und dort
Seht her, sein blutiges Gewand.
Er gab sein Leben für uns hin.
Er ist … DER HEILAND.
Er ist vergöttlicht.
Er ist aufgestiegen.
Wo sind die anderen?
Die Mörder, die Verräter?

Auch sie sind fort.
Sie schmachten nun
Vereist, im dunklen Äther.
Sie waren FAKE.

REBELL:

Nur Machinadeus war echt. Ein echter Mann. Ein echter Mensch. Ein echter Held. Ein Heros, ein Rebell.

CHOR:
Der Beste von uns allen.

(Alle ziehen den Hut. Schweigeminute. Ein Puppenspieler tritt auf. Es ist derselbe Schauspieler, der Machinadeus gespielt hat, zuvor in Anzug und Sonnenbrille, jetzt im Hawaiihemd mit Sonnenbrille.)

ROCCO:
Römer, Freigeister, Zeloten! So hängt der Plot im aussichtslosen Knoten? Verzeiht, es war ein Puppenspiel, das ich alleine führte. An meinen dünnen Spinnenfingern spann. Ich hab versucht, hier mal was auszuloten. Cäsar ist nun da oben, der Tyrann. Als lichter Stern. Und ich hab beschlossen, dass ihr bereit seid, mich endlich kennenzulernen.

CHOR:
Der Puppenaugust! Der Strippenmann!

REBELL:
Wer bist du?

ROCCO:
Mein Name ist Rocco. Und ich bin ein Bote des Ra.

CHOR:
Heil dir, Rocco, Bote des Ra.

ROCCO:
Ich bringe euch die Freiheit, die Liebe und das Licht. Doch ohne mein Hawaiishirt bring ich das nicht. Denn mich erkennt nur der, der auch im Dunkeln sieht. Auch dann, wenn alle Lichter aus sind. Der avancierte Luminist. Nur der, der wahrhaft redlich, treu und wirklich ,helle' ist.

CHOR:
Wir sind es wert! Erleuchte uns!

(Fallen auf die Knie. Außer einem.)

BYSTANDER:
Das ist derselbe Typ, nur mit Hawaiihemd!

ROCCO:
Are you ready for the show? Wollt ihr den totalen Glow?

CHOR:
Ja, Rocco.

BYSTANDER:
Das ist doch Fake!

(Chor meuchelt ihn.)

CHOR:
Schweig, Unkensohn. Sprich weiter, oh Prophet.

ROCCO:
Ihr seid ab heut mein Funzelvolk.

CHOR:
(Monoton) Das Funzelvolk.

ROCCO:
Entzündet nun die Fackeln.

(Man entzündet Feuerzeuge und schwenkt sie andächtig.)

ROCCO:
(Beiseite)
Ich bin der Rocco, Angel of Light.
Von heute an seid ihr … befreit.
Ihr habt mich gewählt.
Ich hab euch erheitert.
Ich hab euch gequält,
Erlöst und geläutert.
Das Trugspiel ist aus.
Die Augen sind schwer.
Ihr habt nun endlich erfahren, wer
Tatsächlich hinter den Vorhängen steckt
Und wer es in Wahrheit …

> *(Licht geht aus. Roccos Körper erschlafft.*
> *Man erkennt, dass er an Fäden hängt.)*

Epilog

Larry, nochmal hastig.

LARRY:
[…] Akku verreckt. Scheiße.
[…]
Tut uns leid, kleine technische Panne.
Wir beheben das Problem, sobald es geht.
Und sehen Sie auf jeden Fall bald wieder.
Ich sage erstmal „tschüssi-tschau".
Bis zur nächsten Tagesschau.

<Endcredits: Song of Victory>

Welcome to his Daily Show!
Oh! McWig, chicas love you so.
Let´s get the new shit started.
We gonna make this city party hard.

Welcome to my Daily Show!
Oh! Dear dudes, I love you so.
If you love me back: Nice!
Big Bucks, Big Luck, Bigger Life Size.

Yo, ihr Larrys,
Ready to go mad? (Mad!)
Ready to go mad? (Mad!)
Ready to go mad?
Peace yo, here´s your Honeydad!

Printed in Great Britain
by Amazon